JN134751

時を越えて

兒玉美智子
Michiko Kodama

文芸社

目次

みよ子　5
少女期　6
結婚　7
待望の跡継ぎ　10
光太郎　11
赤アザ　12
白い着物の女　14
恨み　17
お告げ　21
悪夢　24

解かれていく糸　25
次々と奪われる　29
新たな告知　32
全て奪われる　36
地獄の始まり　38
開眼　39

みよ子

白いベッドの上で、みよ子は静かに横たわっていた。その呼吸は次第に途切れ途切れになり、意識も薄らいでいく。九十八歳のみよ子のそばには誰一人いない。窓辺のカラーボックスの上に置かれたガラスの花びんには、真っ白の大輪のバラの花が一輪、時折風に吹かれゆらゆらとゆらいでいる。みよ子が大好きな白バラは、三日前に近所に住むお手伝いさんが生けてくれたものだ。お手伝いさんは、一日一回みよ子の世話をしに来てくれる。寝たきりのみよ子の食事の世話、掃除、洗濯、一週間に一回はお風呂に入れてくれる。みよ子のそばに来てくれる人といえば、このお手伝いさんただ一人である。

薄らいでいく意識の中でみよ子は、遠いむかしの記憶をたぐりよせていた。

少女期

みよ子は三人きょうだいの長女として生まれた。二歳下の妹と、四歳下の弟がいる。

みよ子が十四歳の誕生日を迎えて間もなく、父親は病で亡くなった。結核だった。

母親は子どもたちを育てるため、陽が昇らないうちから、陽が沈み暗くなるまで働いた。わずかばかりの自分の畑にはイモを植え、収穫するとそれを売って収入を得ていた。また大地主に雇われて畑仕事をしたり、あるいは男たちに交ざって道路工事の仕事をしたりして生活した。そんな母親を少しでも助けるため、みよ子も働いた。牛やヤギをたくさん飼っている農家で、家畜用の草を刈る仕事をした。リヤカーいっぱい草を積み、何度も運ぶ。力仕事に慣れているみよ子にとって、それは何の苦にもならない仕事だ。学校もろくに出ていないみよ子は、せめて妹や弟はきちんと学校へ通わせ、人並みに教育をさせたいと一生懸命働き、母親を助けた。

結婚

十六歳になったみよ子に、結婚話がきた。相手は村一番の財産家の一人息子である。みよ子より十歳年上だが、病弱なため今まで結婚相手が見つからなかった。どんどん年を重ねていく息子を見て、跡継ぎのことを考え焦った両親は、働き者で若くて健康なみよ子が目に留まり、さっそく結婚を申し込んだというわけである。当時の結婚は、本人同士の気持ちなど全く考慮されず、親同士の話し合いで成立するものだ。みよ子の夫正男は、牛舎やヤギ小屋まで行き、牛やヤギをしばらくながめる以外は何もしない。寝たり起きたりの生活で、隣近所まで歩くということも全くない。すぐ息切れし、めまいを起こしてしまうからだ。

牛を十頭、ヤギ八頭飼っており、エサとなる草も半端な量ではない。が、みよ子は慣れたものだ。刈った草をリヤカーに積み、何回も運び、みるみるうちに草の山を作り上げる。牛が売れると舅はみよ子に小遣いをくれた。小遣いをもらったみよ子は、そのうちの半分を必ず実家の母親にわたす。みよ子がもらった小遣いは、生活費の他に妹や弟の教育費に当てられ、みよ子の母親は非常に助かった。いつもみよ子にはすまないという思いと、感謝の気持ちでいっぱいだった。

待望の跡継ぎ

十八歳になったみよ子は、ついに身ごもった。舅、姑は跡継ぎができたと大いに喜んだ。みよ子も結婚二年目にして授かった我が子を、夫の正男と共に心から喜んだ。そしてさらに、男の子でありますようにと祈るのだった。お腹がだんだん目立ってきてもみよ子は変わりなくよく働いた。身重になってもみよ子の体は、つわりもなくいつもと変わらずよく働けるのだった。やがて月が満ち、みよ子は男の子を産んだ。待望の長男坊である。正男とみよ子はもちろん、舅、姑もバンザイをして大いに喜んだ。長男坊は光太郎と名付けられた。みよ子の産後は順調で、出産後三日もするといつもの通りに働いた。

光太郎

光太郎は元気にすくすくと育っていく。

村一番の財産家に、跡継ぎとして生まれた光太郎は何不自由なく育ち、何の不満もなく大きく成長していった。

次の子を授かることもなく、光太郎は十八歳の青年に成長した。光太郎もまた、自分の父親のように一人っ子として生きていく運命である。光太郎は高校を卒業するとすぐに東京に出た。舅、姑は大反対したが正男とみよ子は、若い時に親元を離れ、都会での生活を経験し世の中をよく見て、社会勉強をするのが良いとの考えがあった。頭の良い光太郎はすぐ新聞社に就職が決まった。

再び舅、姑、正男、みよ子の四人での生活が始まった。相変わらずみよ子は朝早くから家畜の草刈り、畑仕事と暗くなるまで働いた。

舅姑はだんだん年老いていくので農作業もままならず、広すぎる畑は人を何人も雇い、こなしていく。

光太郎は上京して二年、東京での生活にも慣れ、また仕事もしっかり覚え、順調な日々を送っていた。

赤アザ

みよ子が三十八歳の夏、旧盆も近づく頃である。朝起きて着替えようとすると足に妙なものができている。右足の内モモあたりで、よく見ると鶏の卵ほどもある赤いアザがうっすらと見える。押してみるが痛くもかゆくもない。

（何だろう？）と思ったが、痛くもないんだから大丈夫だろうと、さほど気にも留めずそのままにしておいた。そしてその後はアザのことなどすっかり忘れ、いつものように畑仕事、家畜の世話と忙しく働いた。しかし一週間もすると新たなアザが今度は左足の内モモあたりに、また同じようにできたのだ。やはり痛みもないが、みよ子は少し気になった。

そのうち四日、五日、一週間と日がたつにつれ、その赤いアザは次々と増えていった。しかも、うっすらだった色はだんだんとはっきりとした色形で、次第にモモ全体をおおうようになっていく。さらにふくらはぎにまで一つ、二つとできていく。それはまるでヤケドのあとのように、痛々しくも見える。さすがにみよ子は放っておくわけにもいかず、夫の正男に相談した。しかし正男は「痛くないなら大丈夫だろう」と軽い気持ちで気にも留めない。舅、姑にも思いきって話してみると、

「何かヒフ病にでもかかったのかねえ」

と言って正男と同様、真剣にとりあってくれない。一人もんもんと思い悩むみよ子。それでも、毎日の仕事は怠ることなく頑張った。どこも痛くもかゆくも何ともないので、その不安をかき消すかのように、むしろ夢中になって働いた。

白い着物の女

そんなある日、いつものように家畜の草を刈っているとふと、誰かの視線を感じ、腰を伸ばしてうしろを振り向いた。するとそこには、見たことのない女の人が一人立っている。

真っ白な着物を着て身動きもしない。

腰まで伸びた黒髪は、風に吹かれてまるで生き物のように空中を踊った。

（この辺の人じゃないようだけど、こんな山の中で何をしているんだろう）

と思いながら、声をかけようかと迷った。その女の人はまばたきもせずみよ子の目をじっと、食い入るように見つめている。みよ子の視線はその女の人の頭からだんだん下へ下へとおりていく。と次の瞬間、みよ子はギョッとして体中から血の気が引いた。はき物もはかず、はだしのその女の人の足には、みよ子のあの得体のしれない赤いアザと全く同じアザがあるではないか！

「何！　一体どういうこと？」

氷のように冷たく固まったまま立ちすくむみよ子を、その女の人は刺すように見すえた後、ふっと小さく薄笑いを浮かべてまるで消えるかのように、静かにその場を去って行った。みよ子の頭の中は台風のように吹き荒れていた。混乱して何が何やらわからなかった。

ただ、あのするどいまなざしと、異様な赤いアザが脳裏に焼きついて離れない。

草刈りもそこそこに、みよ子は逃げるようにして、リヤカーを引いて家にとんで帰った。

家に着くなり正男の所へ駆けていき、今見てきたばかりの女の人の話をしたが、

「お前、まぼろしでも見たんじゃないのか、第一そんな女の人、この村にはいないよ」

と言って全く相手にもしてくれない。

舅、姑にはさすがに遠慮して言いきれず、またもや一人考えこんでしまうみよ子だった。

恨み

だがそれからも異変は次々に起こった。その得体のしれない赤アザは、体中に広がり、足全体にも広がった。しかし顔や手など目につくところには、一つも出てこない。さらに時折、燃えるように体中が熱くなり、全身にヤケドを負ったような激痛におそわれる。

そして、あの女の人はその後も時々現れるが何も言わず、みよ子をじっと見つめるだけである。それはほんの数秒だけだが、世の中全ての不幸を背負っているような、あるいは悔しさと恨みの入り交じった刀でつき刺すような、そんな鋭い痛みを感じる視線で、みよ子を身動きできないほど見つめるのだった。

みよ子は、だんだん食事ものどを通らなくなり、夜も眠れぬほど思い悩んだ。身も心も疲れ果てたみよ子。それでもいつものように、家畜の草を刈っているとまた、例の女の人がじっとみよ子を見つめている。みよ子は恐怖と共に怒りにも似た感情が、ふつふつとわき上がり、初めて大きな声を出してその女の人に聞いた。

「アンタは私に一体何の用ですか？」

するとその女の人は冷たい声で一言、

「お前を殺す」

その声はまるでみよ子の腹わたをギュッと握りつぶすかのような、あるいは苦しいほど息が詰まるような響きで、みよ子の体の芯に伝わってきた。みよ子は叫んだ。

「何で！　何で！　私はアンタに何も悪いことをしていない」

「私はお前たちが憎い！」

そう言い残して、女の人はいつものようにスーッと消え去った。

「お前たち？　お前たちって誰よ、一体何をしたって言うの？」

みよ子は体中の力が抜けたようになり、その場に座りこんでしばらく動けない。

みよ子はズボンのすそをめくり上げ、両足の赤いアザをまじまじと見つめた。そして両手でこすってみた。どんなことをしても消えることのないこの赤アザ。そのうちみよ子の両目から涙があふれ、ほほを伝わりポタリ、ポタリと地面に落ちていく。みよ子の熱い涙はかわいた土にしみこんでいく。

肩を落とし座りこんで泣くみよ子を、囲りの木々の精たちがいたわるように見つめ、ほほをなでる。草花たちは体をゆすってみよ子をはげます。そして小鳥たちはみよ子のためにやさしくうたう。

「どうせ誰もわかってくれない。正男もお義父さんもお義母さんもどうせ信じてくれないいんだから、もういい。自分で立ち向かっていく。殺されてたまるもんか！　私は何も悪いことなんかしていないいんだから、負けない、負けない、絶対に負けない」

みよ子は立ち上がり、再び草を刈り始めた。

熱く燃える心をおさえ、いつもより力をこめて草を刈った。

お告げ

不安と恐れとナゾに包まれ、弱々しいほどになっていたみよ子だったが、その日を境にみよ子に元気が戻ってきた。以前にも増して力強く、何事もはね返すほどの意志力が、ひしひしと伝わってくる。

ある晩のことである。異様な寒気を感じて、みよ子は目を覚ました。ふと見ると例の女の人が部屋の隅に立っている。月明かりの中で柱時計がボーン、ボーンと午前二時を告げる。こんな真夜中に、しかも家の中に現れるのは初めてだと心の中で思いながら、みよ子は息をひそめてじっとしていた。

するとの目の前が一変して奇妙な光景が現れた。見たことのない小さな家で、女の人が布団をかけて一人で眠っている。目をこらしてよく見ると、眠っているのは例の女の人だ。すると今度はまた、見たことのない別の女の人が家の外をそろり、そろりと歩きまわっている。そして驚いたことに、その女の人は例の女の人が寝ている家に火をつけ、走り去っていった。みよ子はあまりの驚きと恐怖に体がぶるぶると震えた。

(自分は夢をみているのか、これはまぼろしなのか)

燃えさかる火の海の中で、例の女の人はもだえ苦しみながら最後の声をふ

りしぼって、

「必ず殺してやるー」

と叫び声を上げ、消えていった。

部屋の中はいつものように静まりかえり、窓からさしこむ月明かりが少し古くなったふすまを照らしている。その静けさの中で、例の女の人の声が冷たく響きわたった。

「この家に関わる者は一人残らず殺してやる」

それは、深い悲しみに耐え、激しいまでの憎しみに燃える女の心の叫びとして、みよ子の心の中をえぐり取るかのようだった。

(この家に何があったのか、あの家に火をつけたのは誰？ そして例の女の人とどういう関係があるの？)

みよ子は、頭の中に次から次と出てくる疑問に身動きができないほどであった。

（そう言えば、お前たちが憎い、と言っていた）と、ついこの間のことを思い出していた。

悪夢

そんなことがあってから三日目の晩、みよ子は夢をみた。例の女の人である。そばにやさしそうな男の人がおり、まるで夫婦のようである。例の女の人の、穏やかで幸せそうな顔を見るのは初めてである。まるで別人のようだ。

（この男の人は誰だろう）と思いながらみていると、みよ子の心の中に例の女の人の声が響いてきた。

「お前の夫、正男の父方のおじいさんだ」

するとと離れた所で、あの家に火をつけた女の人が立って木陰から二人をじっと見つめている。その目は震え上がりそうなくらい、憎しみのかたまりとなって、二人を見続けている。再び例の女の人の声が響く。

「あの女は、正男の父のおばあさんだ」

そこでみよ子は目が覚めた。全身汗びっしょりになったみよ子の心に、例の女の人の声が生々しく響いている。そしてあの光景がはっきりと脳裏に焼きついている。

解かれていく糸

みよ子は、ようやくわかり始めてきた。

これまでのナゾが、やっと解けてきた。

「例の女の人は焼き殺されたんだ。正男の父のおばあさんに。だから、この家に関わる全ての人を恨み殺してやると言ったのだ」

みよ子は愕然となった。

次の日、みよ子は正男に何気なく聞いてみた。

「正男さんのおばあちゃんは若くして亡くなったと聞いたけれど、病気だったんですか」

「いいや、自殺だと言っていたよ。おやじさんが十六歳の時、三十八歳の若さで亡くなったんだってさ」

「何で自殺なんかしたんですか」

「姑にだいぶいじめられたらしいよ。そのせいで精神的にもおかしくなり、体も弱ってしまったらしい」

（例の女の人の家に火をつけて、焼き殺した人だもの、きっとひどくいじめ

たんだ）

もしかして、そういう風に仕向けたのも、例の女の人かもしれない。

みよ子はいろいろと考えめぐらしていた。

その時、はっとなったみよ子は、（お義母さんは、お義母さんは大丈夫なの？）と気になった。

六十四歳になった姑は急激に体が弱り、仕事という仕事はいっさいしなくなり、横になっていることが多かった。食欲もあまりなく、働き者だった体は、すっかりやせ細っていた。みよ子は静かに姑が眠っている部屋へ行き、そしてそっとのぞいてみた。姑は身動き一つせず、寝息すら聞こえぬほど、まるで死人のように眠っていた。

「この間まであんなにバリバリ働いていたのに」

みよ子は心の中でつぶやいた。そして不吉な予感がした。

それから一週間後、みよ子の予感は的中し、姑は静かに息をひきとった。六十四歳という若さでのあっけない最期である。それからしばらく、例の女の人は現れない。だが、みよ子の体の赤いアザは消えることはなかった。またヤケドのような激しい痛みも治まることなく、時々突然おそってきた。姑が亡くなって二カ月後、舅は後を追うようにして息をひきとった。何の前ぶれもなく、前日までいつもの通り元気に生活していた舅だったが、突然の死だった。姑と同じく六十四歳という短い人生だった。

みよ子と正男の二人きりの生活が始まる。

畑仕事、家畜の世話に、以前にも増してみよ子は働いた。しかし心の中には常に例の女の人の言葉がひっかかっていた。

「この家に関わる全ての人を殺してやる」

という言葉が。

次々と奪われる

舅、姑が相次いで亡くなり、みよ子の不安はさらに大きくなっていった。

毎朝目覚めるとみよ子は、

「ああ、今日も元気に目を覚ますことができた」

と生きていることに感謝し、その日一日を一生懸命働くのだった。

みよ子が四十歳になったある朝、珍しく寝坊をし、時計の針が六時をさしているのを見てとび起きた。隣で眠っている正男をゆさぶって起こした。が、返事がない。何度ゆすっても反応がない正男。正男はみよ子の隣で、すでに息絶えていた。

「アンタまで死んでしまって、私はどうすればいいのよ！」

みよ子は泣きながら、何度も正男の両腕をつかみ、ゆすった。

「一人一人この家の者が消えていく」

みよ子の心の中に再び例の女の人がよみがえってきた。

「終わってはいない」

みよ子は立ち上がることもできず、まるで眠っているかのような正男のそばに座りこんだまま、正男の手を、胸を足をいつまでもいつまでもさすり続けた。

外ではお腹を空かせた牛やヤギが、ひっきりなしに鳴いている。

大きな屋敷の中で独りぼっちで生きるみよ子。朝目覚めても隣に正男はいない。ごはんを作っても食べてくれる人はいない。ガラーンとした部屋に寂しすぎる空気が漂っているだけ。思わず、大声を出したくなる衝動にかられる。が、全身に力を入れ、ぐっとこらえるみよ子。みよ子の悲しさを察する

かのように、牛やヤギはみよ子の姿を見ると、やさしげなまなざしでじっと見つめ、小さな声で次々と鳴く。夜になると天井にへばりついたヤモリがみよ子を呼ぶ。必ず決まった時間に決まった場所に現れる。

「お前は私の友達だねえ、毎晩私のために来てくれてありがとうね」

ヤモリはみよ子の話をじーっと聞いている。

新たな告知

みよ子は東京に住む光太郎に、帰ってこないかと、何度も手紙を出した。しかし、光太郎はいっこうに帰ってくる気配がない。都会での生活に慣れ、帰ってきて、畑や家畜の世話などをする気は全くないようである。再三の頼みにも全く応じない光太郎を、みよ子はすっかりあきらめてしまった。

何の希望もなく気力も失いつつ、仕方なくたんたんと日々を送るみよ子。何例の女の人はみよ子が忘れた頃、草刈りをしている時に現れるのだった。何も言わずただじっと見つめ、消えるように去っていく。だが、みよ子はもう何も感じなかった。みよ子の心の中をスーッと通り過ぎるだけだった。みよ子は畑をほんの少しだけ残し、他は全て処分した。

（もうそんなに働かなくたっていい）

一人寂しく迎えたお正月も過ぎ、二月に入ったばかりのある晩、

「今夜はいつもより寒いなあ」

と言いながらみよ子は毛布にくるまって眠りについた。しばらくウトウトしていたがそのうち深い眠りに入った。すると、

「みよ子、みよ子」

と遠くで誰かが呼ぶ声がする。

（誰かが呼んでいる）と思いながら、うつらうつらと聞いていた。すると再びすぐそばで、

「みよ子、みよ子」

と聞こえる。みよ子ははっとなってとび起きた。見ると足元に見たことのないおじいさんが座っている。

「誰？　何で私の名前を知っているの？」

みよ子は心の中で問いかけた。おじいさんはみよ子の顔を申し訳なさそうに見つめ、

「すまんなあ」

と言って頭を下げた。みよ子には意味がわからなかった。（何を言っているんだろう、何でこのおじいさんは、私にあやまっているんだろう）

するとと遠くの方で例の女の人の声が聞こえてきた。以前の鋭く刺すような

声ではなく、静かな声である。

「この人はお前のおじいさんの父親だ。お前の死んだ夫、正男のおじいさんの母親ときょうだいだ。この人は兄さんになる。あの秘密を知っているのはこの人だけだ」

それだけ言うとそれっきり聞こえなくなり、そしてそばにいたおじいさんもふっと消えて、いなくなってしまった。

みよ子は茫然となった。（私がこの家に嫁ぐことは、すでに決められていたことなのか、あの例の女が仕組んだことなのか、自分の恨みをはらすため、復讐をするため、私をこの家に送りこんだのか）みよ子の心の中に新たな苦しみが芽吹き始めた。来る日も来る日もみよ子の耳の奥であのおじいさんの声が響く。

「みよ子、すまんなあ」

みよ子は頭を振りその声をかき消そうとするが、さらに深くみよ子の心の中に響きわたる。

全て奪われる

二十五歳になった光太郎からは、全く音沙汰無しである。みよ子は「元気で頑張っているのならかまわん」と会いたいのをこらえながら自分に言い聞かせた。

そんなある日、光太郎の会社から連絡が届いた。光太郎が交通事故で亡くなったと。

四十三歳のみよ子は一晩で髪の毛が真っ白になり、顔もシワだらけで目もくぼみ、まるで、八十、九十歳のおばあさんのようになってしまった。

畑は全て手放し、働き者のみよ子は何もしなくなった。家の中をウロウロ歩いたり、庭先に出てみたり、そんな日々を過ごした。もう生きていても仕方がない。みよ子の心の中はそんな思いばかりだった。

「この後どうするつもりなのか？」

例の女の人にいつも問いかけるみよ子。

ある日、姿は見えないが声だけがみよ子の心の中に響いてきた。

「お前が死にたいと思っても、全てを見届けるまで生かしておく」

みよ子にとってつらい、つらい、残された人生だった。

光太郎が亡くなった二年後、みよ子の母親は六十五歳でこの世を去った。しかしみよ子は、もう悲しみにうちひしがれることもなかった。死というのが、風のようにみよ子の心の中を通り過ぎてゆく。妹や弟も東京へ出て行ったっきり、東京で結婚して落ち着いており、村に帰ってくることもない。

地獄の始まり

燃えるような痛みが全身をおそい、みよ子を苦しませる。

「イタイ、イタイ、死にたいようー」

とみよ子はその激痛にもだえ、苦しむ。

さらに、毎晩柱時計がボーン、ボーンと二時を打つと、例の女がみよ子の枕元に現れる。みよ子は絶対に見るまいと布団を頭からかぶり、かたく目を閉じる。がすぐにその布団ははがされ、しっかり閉じた目は眼球がとび出るほど開かれる。女はみよ子の長い髪の毛をつかむと、部屋中をひきずりまわす。

「イタイー、ヤメテー、助けてー」みよ子がいくら叫んでも、決してその手

をゆるめることなく、髪の毛が抜けるまで引きずりまわす。とうとう声も出ないほど弱り果てた頃、大きなゴミを捨てるかのように、みよ子を投げつけ、女は音もなく消えていく。月明かりの中、静まりかえった部屋にみよ子の荒い息だけが、規則正しく響いている。

開眼

ある朝目覚めたみよ子は、台所に立って仕事を始めた。わずかに残された体力で、まるで何かにとりつかれたかのように、料理をした。限られた材料を使い、質素な食事だが一生懸命に作った。ヨモギのお汁、おイモ、イモヅルとノビルの炒めたもの、これだけ作るにも、午前中いっぱいかかった。料理が完成するとみよ子はそれをお盆にのせ、やっとの思いで庭まで運んだ。

そして例の女が住んでいたと思われる家の方へ向かって線香を立て、心から祈った。「許してください。天国で安らかに眠ってください」。ただそれだけを心の底から祈った。何度も何度も祈った。

みよ子が九十歳の誕生日を迎えて間もなくの頃であった。

その晩、みよ子の枕元に現れた例の女は、いつもの殺気立った様子とはガラリと変わり、穏やかで、やさしさにあふれた表情で、みよ子を見つめていた。そして一言、

「ありがとう」

と言い残し、静かに消えていった。それから二度とみよ子の前に現れることはなかった。みよ子の燃えるような体の痛みも、うそのようにすっかりなくなった。赤アザも跡形もなく消えた。

しかし、体は徐々に弱り、とうとう歩くこともできず、五年後の九十五歳にはついに寝たきりの状態になってしまった。

そんなみよ子を見かねて近所に住む五十代の女性が、世話をしてくれるようになったのだった。三年もの間お手伝いさんはみよ子をやさしくそして、心をこめて世話してくれた。

人の心の美しさに打たれ、感謝の思いにあふれていたみよ子。（死ぬ前にこんな幸せな思いができて本当に良かった。もう何も思い残すことはない）と、薄らいでいく意識の中で感じていた。

うっすらとほほえんでいるような、そんな表情で、みよ子はこの世に別れを告げ、旅立った。

著者プロフィール

兒玉 美智子（こだま みちこ）

1960年生まれ。沖縄県宮古島市出身。沖縄キリスト教短期大学卒業。
みつば保育園、咲美弁当勤務を経て、
現在は池間島訪問介護いこい勤務。
既刊書『心もよう』（1997年 雲と麦詩人会）
　　　『生きる』（1999年 新風舎）

絵 **あづさ**

ドイツ生まれ、東京都在住。

San José State University にてイラストレーションを専攻。

卒業後、フリーランスのイラストレーターとして活躍中。

時を越えて

2018年11月15日　初版第１刷発行

著　者　兒玉 美智子
発行者　瓜谷 綱延
発行所　株式会社文芸社
〒160-0022 東京都新宿区新宿1－10－1
電話 03-5369-3060（代表）
03-5369-2299（販売）

印刷所　株式会社フクイン

©Michiko Kodama 2018 Printed in Japan
乱丁本・落丁本はお手数ですが小社販売部宛にお送りください。

送料小社負担にてお取り替えいたします。

本書の一部、あるいは全部を無断で複写・複製・転載・放映、データ配信することは、法律で認められた場合を除き、著作権の侵害となります。

ISBN978-4-286-19894-1